王雪涛册页精品

鱼虫果蔬册

王丹 编

王雪涛画语录：

强烈不等于刺眼，

悦目艳彩效果未必强烈，

恰恰相反，静穆之色，

处理得好，仍可强烈感人。

山东美术出版社

济南

秋信催人 王濤寫

秋信催人

40cmx48cm

20 世纪 60 年代

王雪涛纪念馆藏

款识：秋信催人。雪涛写。
钤印：迟园（朱）

长春
40cmx48cm
20 世纪 60 年代
王雪涛纪念馆藏

款识：长春。雪涛写。
钤印：王雪涛印（白）

潔因餮
眠露
宝涛

洁因餐晓露

40cmx48cm

20 世纪 60 年代

王雪涛纪念馆藏

款识：洁因餐晓露。雪涛。

钤印：老雪（白）

蜀客
荒立
已新
辛荔枝香
雪涛

留客菘鱼
40cm×48cm
20 世纪 60 年代
王雪涛纪念馆藏

款识：留客菘鱼足，新年荔
枝香。雪涛。
钤印：迟园（白）
王雪涛印（朱）

卧花逐草带
雪耕

雪涛

卧花逐草

40cm×48cm

20 世纪 60 年代

王雪涛纪念馆藏

款识：卧花逐草带云耕。雪涛。

钤印：老雪（白）

老牛（朱）

菊黄蟹肥

40cm×48cm

20 世纪 60 年代

王雪涛纪念馆藏

款识：雪涛

钤印：雪涛长年（白）

秋斋（朱）

草花螳螂

40cm×48cm

20 世纪 60 年代

王雪涛纪念馆藏

款识： 雪涛

钤印： 雪涛周甲后画（白）

荷雨带香鸣

40cmx48cm

20 世纪 60 年代

王雪涛纪念馆藏

款识：荷雨带香鸣。雪涛。

钤印：王雪涛印（白）

荷雨有声寺　重涛

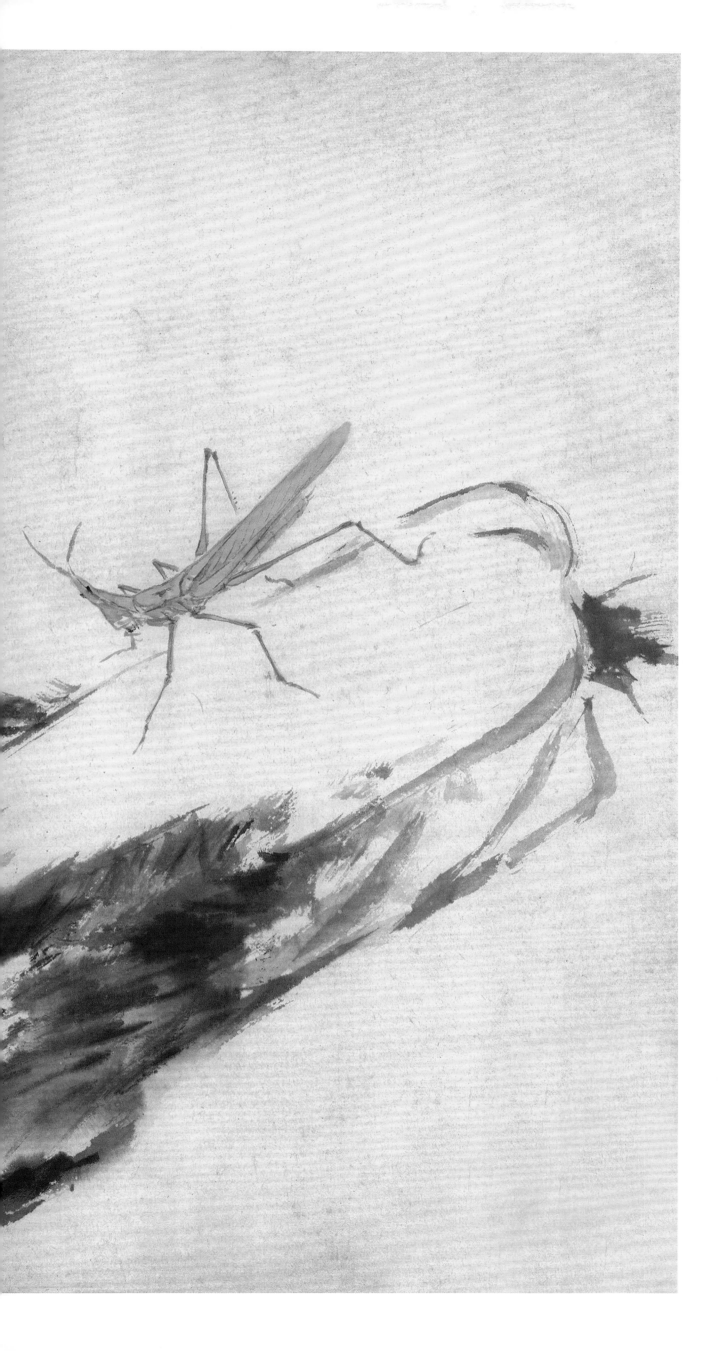

园蔬草虫
40cmx48cm
20 世纪 60 年代
王雪涛纪念馆藏

款识：雪涛
钤印：雪涛周甲后画（白）

红艳
王涛

红艳

40cmx48cm

20 世纪 60 年代

王雪涛纪念馆藏

款识：红艳。雪涛。

钤印：王雪涛印（白）

图书在版编目（CIP）数据

王雪涛册页精品 . 鱼虫果蔬册 / 王丹编 . -- 济南：
山东美术出版社 , 2024.2
ISBN 978-7-5747-0163-2

Ⅰ . ①王… Ⅱ . ①王… Ⅲ . ①草虫画 – 作品集 – 中国
– 现代②花卉画 – 作品集 – 中国 – 现代 Ⅳ . ① J222.7

中国国家版本馆 CIP 数据核字 (2023) 第 225043 号

王雪涛册页精品 鱼虫果蔬册
WANGXUETAO CEYE JINGPIN　YUCHONG GUOSHU CE
王丹 编

策　　划：李晓雯
责任编辑：韩　芳　李文倩　刘其俊
装帧设计：大豐设计

主管单位：山东出版传媒股份有限公司
出版发行：山东美术出版社
　　　　　济南市市中区舜耕路517号书苑广场（邮编：250003）
　　　　　http://www.sdmspub.com
　　　　　E-mail:sdmscbs@163.com
　　　　　电话：（0531）82098268 传真：（0531）82066185
　　　　　山东美术出版社发行部
　　　　　济南市市中区舜耕路517号书苑广场（邮编：250003）
　　　　　电话：（0531）86193028 86193029
制版印刷：山东星海彩印有限公司
开　　本：889mm×1194mm　1/8
印　　张：3
字　　数：14千
印　　数：1—3000
版　　次：2024年2月第1版　2024年2月第1次印刷
定　　价：39.00元